dtv

Mary Waters steht hinter den Gardinen und beobachtet den Einzug der neuen Familie im Nachbarhaus. Was sie sieht, wird den konservativen Bewohnern von Fairacre bald Stoff zum Klatschen geben. Und auch sie und ihre Schwester pflegen ihre Vorurteile. Bis zum Weihnachtstag, an dem die beiden älteren Damen zum Retter in der Not und zum Schutzengel für drei kleine Mädchen werden …

Miss Read, eigentlich Mrs. Dora Saint, war von Beruf Lehrerin und begann nach dem Zweiten Weltkrieg zu schreiben. Sie lebt heute in einem kleinen Dorf in Berkshire.

Miss Read

Das Weihnachtskind

Mit Illustrationen von
J. S. Goodall

Deutsch von
Isabella Nadolny

Deutscher Taschenbuch Verlag

Von Miss Read
sind im Deutschen Taschenbuch Verlag erschienen:
Dorfschule (20027)
Dorftagebuch (20074)
Dorfgewitter (20127)

Deutsche Erstausgabe
November 1998
Deutscher Taschenbuch Verlag GmbH & Co. KG,
München

Titel der englischen Originalausgabe:
›Village Christmas‹
(Michael Joseph Ltd., London 1966)

Umschlagkonzept: Balk & Brumshagen
Umschlagbild: © Jannat Messenger/Penguin UK
Gesetzt aus der Garamond 12/15˙ (3B2)
Gesamtherstellung: C. H. Beck'sche Buchdruckerei,
Nördlingen
Gedruckt auf säurefreiem, chlorfrei gebleichtem Papier
Printed in Germany · ISBN 3-423-25147-6

Für Jill und John in Liebe

Der Klang der Kirchenglocken durchzitterte die Dunkelheit. Die sechs sonoren Stimmen des Geläuts von St. Patrick folgten einander in regelmäßigem Rhythmus, dann wieder in einem Stakkato ineinander rasselnd. Die Glockenzieher schwitzten bei ihrer Probe für das Weihnachtsgeläut.

Die Nacht war eisig. Frost glitzerte in den Hecken und über den Feldern von

Fairacre, und dabei war es noch nicht einmal acht Uhr.

Die strohgedeckten Dächer waren pelzig vom Rauhreif unter einem sternklaren Himmel. Rauch stieg in kerzengeraden blauen Säulen aus den Schornsteinen der Cottages, denn die Luft war gespenstisch unbewegt.

Bei diesem Wetter trug der Ton der Glocken weit. In Beech Green, zwei Meilen entfernt, hörte Miss Clare sie ganz deutlich, als sie sich bückte, um ihre leere Milchflasche ordentlich auf die Schwelle ihres Cottages zu stellen, und sie lächelte bei dem frohen Klang. Sie kannte mindestens vier von den sechs Glockenziehern, denn sie hatte sie vor langer Zeit in der Schule von Fairacre unterrichtet. Arthur Coggs, der gerade Karnickelfallen am Rande eines Wäldchens unweit von Springbourne aufstellte, hörte sie ebenso deutlich. Der Schäfer, hoch oben auf den Hügeln über dem Dorf, hörte sie, und auch der einsame Stellenwärter beim Versorgen der Öllampen an der Bahnlinie, die sich durch das Tal des Cax zum Marktflecken schlängelte.

In unmittelbarer Nähe, im Dorf Fairacre selbst, löste das Geläut handfeste Reaktionen aus. Die Krähen, die in den oberen Ästen der Ulmen gleich neben dem hallenden Glockenturm nisteten, krächzten gelegentlich protestierend gegen diese Ruhestörung. Ein Fuchs, der sich an Mr. Willets Hühnerauslauf heranschlich, überlegte es sich anders, als die Glocken ertönten, und entwich in die Wälder. Mrs. Pringle, die

mürrische Putzfrau der Schule in Fairacre, hob entrüstet eine Flocke Tünche von ihrem fleckenlosen Fußboden auf, wohin sie von der erzitternden Küchenwand herabgeschwebt war, und ein neugeborenes Baby in der Nähe, das durch das Getöse wach geworden war, brüllte erschrocken.

Miss Margaret Waters und ihre Schwester Mary arbeiteten geruhsam in ihrem Cottage an der Dorfstraße. Sie saßen zu beiden Seiten des großen runden Tisches im Wohnzimmer und schrieben in makelloser Schönschrift Weihnachtskarten. Aus einem altmodischen Radioapparat, der neben dem Kamin auf einer Anrichte stand, drang Musik und wetteiferte mit dem Geläut draußen. Marys graue Lokken begannen im Walzertakt zu nicken, sie nahm den Federhalter zwischen die Zähne und stand auf, um die Musik lauter zu stellen.

In diesem Augenblick verkündete ein unerträglicher Mißklang im Geläut von St. Patrick der Welt von Fairacre, daß mindestens drei der Glockenzieher in ihrer

Reihenfolge hoffnungslos durcheinandergeraten waren.

»Stell es ab, Mary, bitte! Die verflixten Glocken übertönen sowieso alles. Da können wir ebensogut den Strom sparen!« rief Margaret und blickte über den Rand ihrer goldgeränderten Brille.

Mary gehorchte, wie sie es immer tat, und kehrte auf ihren Platz zurück. Insgeheim dachte sie, es wäre nett gewesen, den Walzer aus der ›Lustigen Witwe‹ bis zum Schluß zu hören, aber es war nicht der Mühe wert, Margaret zu verstimmen, noch dazu so kurz vor Weihnachten. Schließlich war es doch die Zeit der Nächstenliebe.

Sie nahm eine Karte vom Stapel in der Mitte und musterte sie eindringlich.

»Wäre die nicht das Richtige für Onkel Toby?« erkundigte sie sich, den Kopf zur Seite geneigt. »Der war doch immer so für Rotkehlchen.«

Ihre Schwester blickte von ihrer Schreiberei auf und studierte die Karte ernsthaft. Genau die richtigen Karten an die richtigen Leute zu schicken, darauf waren beide Schwestern mit größter Sorgfalt bedacht. Ihre Weihnachtskarten stammten aus dem Billigangebot bei Bell, dem Schreibwarengeschäft in Caxley, hatten aber doch eine beträchtliche Summe der Wochenrente der zwei ältlichen Schwestern verschlungen.

»Findest du nicht, daß sie ein bißchen zu glitzerig ist? Diese Flitter auf den Eiszapfen sind nicht besonders *männlich*, meine ich. Ich würde lieber die mit der Kutsche und den Pferden nehmen.«

Widerstrebend legte Mary das Rotkehlchen beiseite und begann auf die Karte mit Kutsche und Pferden zu schreiben:

»Von Deinen Dich liebenden Nichten
Margaret und Mary«

Die alte Mahagoni-Uhr, die in der Mitte des Kaminsimses thronte, tickte stetig weiter, wie sie es während des Ehelebens ihrer Eltern und später während ihres ganzen altjüngferlichen Lebens getan hatte. Ein Scheit zischelte auf dem kleinen Feuer im Kamin, und der schwarze Kessel auf dem Dreifuß fing an zu summen. Um die Schlafenszeit würde er kochen, gerade recht für die Wärmflaschen der beiden Schwestern.

Es war sehr geruhsam und warm im Cottage, und Mary seufzte zufrieden, als sie die Karte an Onkel Toby in den Umschlag steckte. Diese Tageszeit war ihr die liebste, wenn die Arbeit getan war, die Vorhänge zugezogen waren und sie und Margaret behaglich und gesellig am Feuer saßen.

»Das sind jetzt alle«, stellte sie fest und stapelte die Umschläge sauber aufeinander. Margaret legte noch die letzte Karte obenauf. Drei, einschließlich des abgelehnten Rotkehlchens, blieben unbenutzt.

»Es fällt uns bestimmt noch jemand ein, den wir vergessen haben«, sagte Margaret, »leg sie alle auf die Anrichte, Liebes, morgen bringen wir sie zur Post.«

Die Kirchenglocken verstummten schlagartig, und es war sehr still im Zimmer. Gewichtig und melodiös schlug die alte Uhr vom Sims her halb neun, und Mary fing an zu gähnen. In diesem Augenblick klopfte es heftig an die Tür. Marys Mund schloß sich jäh.

»Wer um Himmels willen kann das sein, so spät am Abend?« flüsterte sie. Ihre blauen Augen waren bestürzt aufgerissen. Margaret, aus härterem Holz geschnitzt, ging zur Tür und öffnete sie mit einem Ruck.

Draußen stand, gegen das plötzliche Licht blinzelnd, ein kleines Mädchen.

»Komm rein, komm ins Warme«, bat Mary, die ihrer Schwester gefolgt war. »Aber Vanessa, du hast ja nicht einmal einen Mantel an! Du mußt ja halb erfroren sein bei dieser Kälte. Komm schnell an den Kamin.«

Die Kleine näherte sich dem Feuer, die Hände wie rosa Seesterne vor sich hingestreckt. Sie schniefte vergnügt und strahlte die Schwestern an, die besorgt auf sie herabblickten. Die zwei vorderen Milch-

zähne waren kürzlich ausgefallen, und die Lücke gab ihrem breiten Lächeln etwas Lausbubenhaftes. Sie schüttelte die seidigen Ponyfransen von den leuchtenden Augen. Miss Vanessa Emery war sichtlich sehr froh, im Inneren von Flint Cottage zu sein.

»Und was möchtest du, liebes Kind, so spät am Tag?« erkundigte sich Margaret ungewöhnlich sanft.

»Mami schickt mich«, erklärte das Kind. »Sie hat gesagt, ob Sie ihr vielleicht Schnur leihen könnten, um das Paket für Opa zusammenzubinden. Dicke Schnur, wenn's geht, hat sie gesagt. Wissen Sie, es ist ein Karton Äpfel von unserem Baum, und Klebstreifen allein reicht nicht.«

»Nein, das wohl nicht«, gab Mary zu, zog das Schubfach der Anrichte auf und entnahm ihm eine viereckige Blechschachtel. Sie öffnete sie und stellte sie auf den Tisch, damit das Kind hineinschauen konnte. Darin lagen, sauber aufgerollt, allerlei Schnüre, die dicksten links und die dünnsten – manchmal so dünn wie Bindfaden – in ordentlichen Reihen auf der rechten Seite.

Das Kind holte vor Freude tief Luft und steckte seinen Zeigefinger zwischen die Knäuel.

»Wo haben Sie die gekauft?« fragte es.

»Gekauft?« wiederholte Margaret verblüfft. »Schnüre kaufen? Wir haben unser Lebtag keine gekauft. Die sind von all den Päckchen, die im Lauf der Jahre gekommen sind.«

»Mami schneidet unsre immer durch

und wirft sie weg«, rief die Kleine unerschrocken, nahm ein dickes, gelblichhaariges Knäuel heraus und besah es sich genau.

»Könnten Sie das da entbehren?« fragte sie höflich.

»Gewiß, gewiß«, sagte Mary, die sich beeilte, den Entsetzensausbruch ihrer Schwester wiedergutzumachen. Sie steckte es dem Kind in die Schürzentasche.

»Und jetzt lauf schnell über die Straße«, ergänzte sie und öffnete die Haustür. »Es ist so spät, du solltest bestimmt schon im Bett sein.«

Das Kind trennte sich nur zögernd vom Kamin. Mit einer Hand hielt es das Knäuel in der Tasche fest, die andere streckte es Margaret hin.

»Gute Nacht, Miss Waters«, sagte es sorgsam, »und vielen Dank für die Schnur.«

»O bitte sehr«, entgegnete Margaret und schüttelte die kalte kleine Hand. »Und paß auf der Straße auf.«

Die beiden Schwestern sahen dem Kind

nach, wie es im Cottage gegenüber verschwand. Das Haus lag ziemlich weit von der Straße, zurückgesetzt in einer kleinen Vertiefung, umgeben von einem wuchernden Garten. Gegen den Nachthimmel glich es mit seinem Strohdach und den zwei Schornsteinen einer großen Katze, die gemütlich auf den Hinterbeinen hockt. Sie hörten die Gartentür gehen und wandten sich wieder zurück in die Wärme, wobei sie die Haustür gegen die Eiseskälte zuschlugen.

»Na, weißt du«, explodierte Margaret. »Ein Kind um diese Zeit losschicken um ein Stück Schnur! ›Schneidet sie immer durch‹, also wirklich! Hast du je von solch gottloser Verschwendung gehört, Mary?«

»Schrecklich«, pflichtete ihre Schwester bei, wenn auch weniger heftig. »Das arme Dingelchen ohne Mantel!«

»Also ich hab schon immer gesagt, manche Leute dürften einfach nicht Eltern sein. Diese Emerys gehören dazu. Drei unter sieben und eins unterwegs. Das sind entschieden viel zu viele. Das arme Ungeborene tut mir ausgesprochen leid. Die wird ja schon mit den dreien, die sie hat, nicht fertig!«

Margaret ergriff den Schürhaken und hieb damit temperamentvoll auf einen Klumpen Kohle ein. Der spaltete sich gehorsam und flammte freudig auf. Der Kessel schnurrte mit vermehrter Energie und Margaret rückte ihn etwas weiter auf dem Dreifuß zurück.

Die beiden Schwestern setzten sich wieder zu beiden Seiten der Glut. Aus dem Schrank unter der Anrichte zog Mary ein umfangreiches Bündel, entrollte es und schob Margaret das eine Ende zu. Sie arbeiteten gemeinsam an einem Kaminvorleger, einem Monstrum mit türkischem Muster in Rot und Leuchtendblau. Jeden Abend verbrachten sie eine gewisse Zeit damit, ihre blanken Haken durch die Leinwand ein- und auszuführen und fleißig Strähne für Strähne der bunten Wolle hineinzuarbeiten.

Margarets Ende wuchs weit schneller als

das von Mary. Ihr Haken bewegte sich lebhafter, mit scharfen, abgehackten Stößen, und die Wolle wurde heftig an die passende Stelle gezerrt. Mary kam langsamer voran und befingerte jeden knotigen Strang, als liebe sie ihn. Ihr würde es leid tun, wenn die Arbeit beendet war. Margaret aber würde sich freuen.

»Ich muß sagen, sie scheinen soweit ganz glücklich zu sein«, bemerkte Mary und kam auf das Thema der Emerys zurück. »Und auch sehr gesund. Es sind sehr liebe Mädelchen – und so höflich. Hast du gemerkt, wie Vanessa die Hand gab?«

»Ich kritisiere ja nicht die Kinder«, entgegnete Margaret, »sondern die Eltern. Bald werden vier kleine Würmer dort drüben unter dem Dach sein, und weiß der Himmel, wie viele noch nachkommen. Und sie scheinen keine Ahnung zu haben, wie man sie richtig großzieht. Denk doch nur mal an ihre Namen! Vanessa, Francesca, Anna-Louise! Na, weißt du!«

»Eigentlich gefallen sie mir«, sagte Mary

mutig. Margaret schnaubte und stach ingrimmig auf die Leinwand ein.

»Und alle in gekrausten Schürzchen mit herzförmigen Taschen und das Kind keinen vernünftigen Mantel am Leibe«, fuhr sie fort, jetzt ganz in ihrem Fahrwasser. »Paßt alles zu dem Haus. Ausgefallene Lampenschirme und an den Wänden lauter Krimskrams und Riesenlöcher in den Bettüchern, die jeder sieht, wenn sie auf der Leine hängen. Hat mich nicht gewundert zu hören, daß die ihre Schnüre durchschneidet und wegwirft. Wir haben recht daran getan, Mary, mit der Frau nicht zu intim zu werden. Sie gehört zu denen, die beim geringsten Anlaß hier auftauchen und sich irgendwas borgen würden, wie ich dir von Anfang an gesagt habe.«

»Du hast gewiß recht, Liebes«, erwiderte Mary gleichmütig. Sie hat gewöhnlich recht, dachte Mary nachdenklich.

Sie arbeiteten schweigend weiter, und Mary erinnerte sich daran, wie damals die Emerys nach Fairacre kamen – vor drei

Monaten war das – und wie sie von einem Beobachtungsposten hinter den Schlafzimmergardinen zugeschaut hatte, wie deren Möbel den Ziegelweg hinaufgetragen wurden.

Es war ein goldener Nachmittag Ende September gewesen, und Margaret war fortgegangen, um in St. Patrick fürs Erntedankfest schmükken zu helfen. Ein Anfall von Kopfschmerzen hatte Mary gehindert, sie zu begleiten, und sie hatte sich mit einem Aspirin und einer Tasse Tee ins Bett verzogen.

Sie hatte eine Stunde geschlafen, als Kinderstimmen sie weckten. Anfangs dachte sie, es seien die Schulkinder auf ihrem Heimweg, aber die blumenverzierte Porzellanuhr auf dem Kaminsims zeigte erst drei, und da war sie ans Fenster getreten, um nachzuschauen.

Ein dunkelgrüner Möbelwagen blokkierte fast die ganze Dorfstraße. Männer wankten mit einem großen, schäbigen Büfett ins gegenüberliegende Haus. Zwei kleine Mädchen tanzten aufgeregt neben ihnen her und kreischten wie die Moorhühner. Ihre Mutter, eine Zigarette im

Mund, beobachtete den Vorgang vom Straßenrand aus.

Mary war etwas erschrocken, nicht über die Zigarette – obwohl sie fand, Rauchen sei nicht nur eine schlimme Geldverschwendung, sondern auch äußerst ungesund –, sondern über das Aussehen der Frau. Sie trug schwarze Strumpfhosen mit einem Riesenloch im linken Bein und eine kurze rote Weste, die bis zu den Oberschenkeln reichte. Ihr langes schwarzes Haar hing kerzengerade herunter, und ihre Augen waren stark geschminkt. Mary kam sie vor wie eine Schauspielerin, die gleich an einem im Mittelalter spielenden Stück teilnehmen wird. Niemand – absolut niemand – zog sich in Fairacre so an, und Mary hoffte nur, daß die junge Frau die Bemerkungen nicht hören würde, die Leute wie Mrs. Pringle und ihre eigene Schwester Margaret unweigerlich machen würden, wenn sie sich weiter so zeigte.

Trotzdem war Mary froh, Nachbarn zu bekommen, und noch froher, daß es bei ihnen Kinder gab. Das strohgedeckte Cottage ihnen gegenüber hatte den ganzen Sommer leer gestanden, seit das alte Paar, das dort seit seiner Hochzeit in der Regierungszeit der Königin Victoria gewohnt hatte, ins Haus einer Tochter in Caxley und von dort auf den Friedhof von Fairacre gezogen war. Es wäre schön, wenn aus dem Cottagefenster bei Dunkelheit wieder Licht blinzelte und der verwilderte Garten wieder in Ordnung gebracht werden würde, dachte Mary.

Ihre Kopfschmerzen waren vergangen, sie zog die Bettdecke glatt und ging die steile, dunkle Treppe hinunter. Sie war angenehm erregt durch das Geschehen vor der Haustür und versuchte zu verstehen, was die Kinder sagten, aber vergebens. Man hörte nur ein dünnes Wimmern, und als Mary durch die Gardinen spähte, sah sie, daß die Frau jetzt ein Baby umhängen hatte und ihm energisch auf den Rücken klopfte.

»Drei!« hauchte Mary hocherfreut. Sie vergötterte Kinder und genoß es so richtig, Sonntagsschule abzuhalten. Gewiß, sie war oft verstimmt, wenn die größeren Jungen frech waren, und ganz unfähig, sie zu bestrafen, aber kleine Kinder, insbesondere wohlerzogene kleine Mädchen, erwärmten ihr altjüngferliches Herz.

Als Margaret wiederkam, erfuhr sie die gute Nachricht. Sie nahm sie ziemlich reserviert entgegen.

»Ich werde mich darüber ebenso freuen wie du«, versicherte sie Mary, »wenn die sich anständig aufführen. Aber wir wollen beten, daß sie nicht zuviel Geschrei machen. Man hört es zu deutlich in unserem Schlafzimmer, wenn der Wind darauf steht.«

»Ich habe gedacht«, begann Mary schüchtern, »ob es nicht nett wäre, sie auf eine Tasse Tee herüberzubitten, wenn wir gerade einen machen.«

»Wenn sie allein wäre«, erwiderte Margaret nach kurzem Überlegen, »würde ich ja sagen, aber mit drei Kindern und auch noch den Möbelpackern fände ich es übertrieben. Laß es lieber, Mary, aber es macht dir Ehre, daß du daran gedacht hast.«

Mary wollte schon etwas erwidern, doch Margaret sprach weiter. Sie drückte sich sehr vorsichtig aus.

»Wir wollen nicht gleich zu gastfreundlich werden, Liebes. Laß uns mal abwarten, wie sie sich entpuppen. Gute Nachbarschaft halten ist schon recht, aber sich gegenseitig auf die Füße treten ist etwas völlig anderes. Die sollen erst einmal zur Ruhe kommen, dann können wir sie immer noch einladen. Wenn wir zu schnell mit ihnen intim werden, müssen wir möglicherweise jeden Abend babysitten!«

Dann kam ihr plötzlich ein Gedanke.

»Hast du den Ehemann gesehen, Mary?«

Mary mußte verneinen.

»Komisch«, grübelte ihre Schwester. »Man hätte doch denken sollen, daß er mit anfassen würde.«

»Vielleicht regelt er am anderen Ende alles«, schlug Mary vor.

»Vielleicht«, räumte Margaret ein. »Ich kann nur beten und hoffen, daß es nicht eine Witwe ist, oder noch schlimmer jemand, der *verlassen* wurde.«

»Wir werden es bald erfahren«, meinte Mary beruhigend. Sie wußte Bescheid, wie es auf dem Dorf zuging. Fairacre hatte eine flotte Gerüchteübermittlung, und die Schwestern durften sicher ein, daß es im Cottage gegenüber bald keine Geheimnisse mehr geben würde.

Binnen einer Woche war allgemein bekannt, daß die Emerys aus einem Vorort nördlich Londons hergezogen waren. Enfield, laut Mrs. Pringle, Southgate, wie Mr. Willet annahm, obwohl der Vikar sicher war, es sei Barnet. Zu Margarets großer Erleichterung war Mr. Emery aufgetaucht, und sie bekam ihn zum ersten Mal flüchtig zu Gesicht, als er am nächsten Morgen die Milchflaschen hinausstellte, noch im knallroten Pyjama mit gelber Kordel.

Er arbeitete, wie viele andere Bewohner Fairacres, »bei den Atomleuten droben«, fuhr aber in einem zerbeulten alten Daimler erst um neun dorthin, statt mit dem Bus, der die anderen Arbeiter um halb acht jeden Morgen aufsammelte.

»Das ist einer von den Hochdrobenen«, wußte Mr. Willet anzumerken, »hat alle mögliche Bücherweisheit und Wissenschaftskram gelernt, kein Zweifel. Schaut meiner Meinung nach ungepflegt genug aus, um Doktor oder so was zu sein. Und braucht 'ne neue Rasierklinge, so wie's aussieht, und der Dufflecoat, den er trägt, hat schon 'ne ziemliche Speisekarte vorn dran.«

Fairacre neigte dazu, Mr. Willets etwas bissiger Einschätzung von Mr. Emery zuzustimmen, obwohl die weiblichen Bewohner darauf hinwiesen, daß er sich offenbar durchaus an der Pflege der Kinder beteiligte und man sagen könne, was man wolle, er habe sehr hübsches, dichtes schwarzes Haar. Überhaupt war es eher Mrs. Emery, die dem Klatsch Nahrung lieferte.

Wie Mary vorausgesehen hatte, schokkierte ihre zigeunerhafte Kleidung die ältere Generation. Und dann war sie so atemberaubend freundlich! Mr. Lamb von der Post und zwei ehrwürdige Pensionistinnen, die ihre Rente abholen kamen, hatte sie sich gleich vorgestellt, ihnen herzlich die Hand geschüttelt und ihnen so persönliche Fragen gestellt wie, wo sie denn wohnten und wie sie hießen.

»Wundert mich nur, daß sie nicht auch noch gefragt hat, wie alt wir sind«, sagten sie zueinander, als sie nach draußen an die frische Luft geflüchtet waren. »Wetten, daß das ein Luder ist? Der werd' ich ganz gezielt aus'm Weg gehn.«

Mrs. Emery begrüßte jeden, dem sie begegnete, mit der gleichen Herzlichkeit und versetzte jedes konservative Herz Fairacres in Angst und Schrecken durch ihre Ankündigung, sie wolle jedem Club und Verein im Dorf beitreten, »um die Menschen kennenzulernen«, und brächte ihre kleinen Mädchen mit, falls die Zusammenkünfte zeitlich passend lägen.

»Es ist furchtbar wichtig für sie, daß sie Freunde finden«, teilte sie eines Morgens Kunden und Verkäufern beim Dorfkrämer mit. Ihr großzügiges, warmes Lächeln galt ihnen allen. Sie schien während ihrer Einkäufe eine gewisse Frostigkeit nicht zu bemerken und sagte beim Weggehen betont auf Wiedersehen.

Margaret und Mary beobachteten die überschwengliche Nachbarin voller Unruhe. Drei Tage nach ihrer Ankunft, als Margaret über den besten Zeitpunkt für einen Besuch nachdachte, klopfte Mrs. Emery kurz an die Haustür der beiden Schwestern und öffnete sie beinah sofort selbst.

»Jemand zu Hause?« zwitscherte sie munter. »Darf ich reinkommen?«

Bevor die erschrockenen Schwestern etwas erwidern konnten, war sie schon im Zimmer, gefolgt von zwei strahlenden Mädelchen.

»Ich bin Ihre neue Nachbarin, wie Sie vermutlich wissen«, sagte sie und lächelte entwaffnend. »Diana Emery. Das hier ist Vanessa und das hier ist Francesca. Sagt schön guten Tag, ihr zwei.«

»Guten Tag, guten Tag«, quiekten die Kinder.

Mary gewann mit bemerkenswerter Schnelligkeit wieder Haltung. Sie fand die Familie Emery trotz ihrer etwas vorlauten Art reizvoll.

»Wir haben«, begann sie freundlich, »gerade überlegt, wann wir Sie aufsuchen sollen. Trinken Sie eine Tasse Kaffee mit? Margaret und ich trinken um diese Zeit meist welchen.«

»Ich hole ihn«, sagte Margaret rasch. Sie schien dankbar, entweichen und sich über die Situation klarwerden zu dürfen. Mary erkannte an ihrer Miene, daß sie über die Invasion keineswegs erfreut war.

»Entzückend«, seufzte Mrs. Emery, warf ein leichtes, jadegrünes Jäckchen ab und machte es sich in Margarets Armsessel bequem. Die zwei Mädchen ließen sich im Schneidersitz auf dem Kaminvorleger nieder und sahen sich mit hellen Eichhörnchenaugen unter seidigen Wimpern im Raum um.

»Und das Baby?« fragte Mary. Sie war besorgt, ob man es vielleicht draußen gelassen hätte. Der Morgen war kalt.

»Das ist erst zu Neujahr fällig«, erwiderte Mrs. Emery unumwunden. »Und ich bin heilfroh, wenn's erst da ist.«

Von der Tür her hörte man einen Schrekkenslaut. Margaret, die ein Tablett hereintrug, war errötet und sichtlich außer Fassung. Mary beeilte sich zu erklären: »Ich hab das dritte kleine Mädchen gemeint.«

»Ach so, Anna-Louise. Die schläft fest in ihrem Kinderwagen. Der passiert nichts, kann ich Ihnen versichern.«

»Nächstes Mal wollen wir einen Bruder«, verkündete Vanessa und schielte nach dem Plätzchenteller.

»Drei Mädel dsind dsu viel, dsagt mein Daddy«, ergänzte Francesca.

»Das is'n Witz«, erläuterte Vanessa.

»Denk ich manchmal auch«, sagte ihre Mutter, aber in heiterem Ton.

Margaret schenkte Kaffee ein und versuchte, den Blick von Mrs. Emerys gestreiftem Kittel abzuwenden, der um die Taille herum weit klaffte und dabei ein außergewöhnliches Untergewand von scharlachroter Seide offenbarte. Sollte das womöglich ein Unterrock sein, überlegte Margaret. Gab es tatsächlich auf der Welt Unterröcke von so bemerkenswerter Farbe?

Mary tat ihr Bestes, um die Unterhaltung nicht ins Stocken geraten zu lassen.

Es war deutlich zu erkennen, daß Margaret unter Schock stand und daher wenig hilfreich war.

»Gibt es etwas über das Dorf, das Sie gerne wüßten? Gehen Sie vielleicht manchmal zur Kirche? Die Gottesdienste sind um halb elf und um halb sieben.«

»Wir sind keine besonderen Kirchgänger«, gestand ihre Nachbarin. »Obschon ich sagen muß, der Vikar scheint ein ganz goldiges Kerlchen zu sein.«

Margaret verschluckte sich am Kaffee und mußte kräftig husten. Das war doch glatter Frevel!

»In die falsche Kehle gekriegt!« befand Francesca, trat nahe an sie heran und blickte etwas ängstlich in Margarets puterrotes Gesicht. Sprachlos, aber doch gerührt über die Besorgnis des Kindes, konnte sie zur zustimmend nicken.

»Und wenn Sie mal nach Caxley müssen«, fuhr Mary fort, »an der Wand vom ›Beetle & Wedge‹ hängt ein Fahrplan. Können wir Ihnen sonst irgendwie helfen?«

Mrs. Emery setzte ihre Tasse so unachtsam auf die Untertasse, daß der Löffel zu Boden klirrte. Beide Kinder stürzten sich darauf und legten ihn wieder auf den Tisch.

»Ja, es gibt etwas«, sagte ihre Mutter. »Könnten Sie mir einen Scheck einlösen? Ich bin völlig blank und brauche Zigaretten. Edgar kommt erst um acht oder noch später heim.«

Eisiges Schweigen entstand. Die Schwestern besaßen kein Bankkonto, und die Vorstellung, jemand Geld zu leihen – und waren es selbst die Nächsten und Liebsten –, war gegen ihre Grundsätze. Von einer Fremden angepumpt zu werden war schockierend. Margaret fand schlagartig die Sprache wieder.

»Leider können wir Ihnen den Gefallen nicht tun. Wir haben immer nur sehr wenig Geld im Haus. Ich würde Ihnen raten, sich an Mr. Lamb zu wenden, der könnte Ihnen möglicherweise helfen.«

Es klang sehr kalt, aber das schien Mrs. Emery nicht zu stören.

»Na ja«, sagte sie heiter und wuchtete

sich aus dem Sessel hoch, wobei ihr Rockbund noch gewaltiger klaffte, »auch gut. Dann versuch ich es bei Mr. Lamb, wie Sie mir raten. Man braucht hin und wieder eine Zigarette, wenn man diese Brut zu versorgen hat.«

Sie nahm ihr grünes Jäckchen auf und lächelte die Schwestern freundlich an.

»Vielen Dank für den köstlichen Kaffee. Bitte schauen Sie jederzeit bei uns herein, wann immer Sie Lust haben. Wir werden uns ja vermutlich oft sehen, wo wir so nahe Nachbarn sind.«

Mit diesen unheilvollen Worten verabschiedete sie sich.

Von da an, dachte Mary und stieß eifrig ihren Haken in den Teppich, hatten sie und Margaret höflich, aber insgeheim verzweifelt gegen eine Invasion gekämpft.

»Sei freundlich zu allen, aber vertraut mit wenigen« stand auf einem alten viktorianischen Stickmuster an der Wand ihres Cottages. Die Schwestern fanden diesen Rat hochaktuell. Die Kinder – darin waren sie sich einig – waren reizend, und obwohl sie viel zu oft auftauchten, »um 'nen Shilling für den Zähler« oder »'ne Schachtel Streichhölzer, der Laden ist schon zu«, brachten die beiden Schwestern es doch nicht fertig, sich über sie zu ärgern. Was sie auch wollten – es war nie schwer, sie wieder loszuwerden, wenn man ihnen den Abschied mit einem Stück Schokolade versüßte.

Der Umgang mit Mrs. Emery, die von Woche zu Woche umfangreicher wurde, war schon schwieriger. Die beiden Schwestern gewöhnten sich an, Ausreden zu erfinden. Denn war sie erst einmal im Haus, neigte sie dazu, über eine Stunde zu bleiben, und das brachte den Arbeitsplan der Schwestern ernstlich durcheinander. Als Nachbarin war sie zweifellos recht störend.

Marys Blick verirrte sich zum Tisch und der verschmähten Weihnachtskarte mit dem Rotkehlchen samt seinem Flitter. Ihr kam eine Idee, und sie ließ den Haken sinken.

»Margaret«, sagte sie plötzlich, »wie wäre es, wenn wir das Rotkehlchen an die Emery-Kinder schickten?«

Margarets Miene bekam etwas Zweifelndes.

»Ach, Liebes, denk doch an all die kleinen Schwierigkeiten, die wir mit dieser Frau gehabt haben. Da frage ich mich ...«

»Ach, komm schon«, drängte Mary mit rotem Kopf. »Es ist Weihnachten. Das ist nicht die Zeit, nachtragend zu sein, Schwester, und die Kinder würden sich so darüber freuen. Ich könnte doch nach Einbruch der Dunkelheit rüberschlüpfen und das Ding in den Briefkasten werfen.«

Margarets Gesicht entspannte sich zu einem Lächeln.

»Na gut, Mary, tun wir das.«

Sie begann den Teppich energisch zusammenzurollen, da die Kirchenuhr eben zehn schlug. Mary seufzte zufrieden und hob den summenden Kessel vom Dreibein.

»Zeit, ins Bett zu gehen«, sagte sie und entnahm der untersten Schublade der Anrichte die zwei Wärmflaschen. »Denk doch, Margaret, nur noch drei Tage bis Weihnachten!«

In den nächsten drei Tagen hatten die Damen im Flint Cottage viel zu tun. Rotbeerige Stechpalmenzweige, bleiche Misteln und glänzender Efeu wurden zusammengesucht, und mit ihnen wurde das Wohnzimmer geschmückt. Zwei rote Kerzen standen zu beiden Enden des Kaminsimses, und eine Stechpalmengirlande hing über dem Messingtürklopfer an der Haustür.

Der Kuchen wurde mit Zuckerguß überzogen, der Plumpudding vom obersten Fach in der Speisekammer heruntergeholt, das Glasgefäß mit der Pastetenfüllung und ein Biskuitdessert bereitgestellt. Eines von Mrs. Pringles Hühnern traf bratfertig ein, und der Fleischer schickte das Mett für die Würstchen.

Margaret schlich heimlich beiseite, während Mary gerade Kaminholz aus dem Schuppen hereinholte, und verpackte zwei Paar praktische Florstrümpfe als Weihnachtsgeschenk für ihre Schwester. Mary benutzte Margarets Abwesenheit bei der Post, um ein Paar derbe Lederhandschuhe zu verpacken und sie in der zweiten Schublade ihrer Schlafzimmerkommode zu verstecken.

Ganz Fairacre war geschäftig. Margaret und Mary halfen im Altarraum der St. Patrickskirche eine Weihnachtskrippe aufzustellen. Die alljährlich wieder erscheinenden Figuren von Joseph, Maria und dem Kind, den Hirten und Heiligen Drei Königen standen in dem Stroh, das der

Bauer Roberts geliefert hatte, und wurden durch diskret angebrachte elektrische Birnen schaurig-schön beleuchtet. Die Kinder kamen auf dem Schulweg herein, bewunderten diese Szene wie jedes Jahr und wurden ihrer nie müde.

Die Schwestern halfen auch die Kirche schmücken. Auf dem Altar standen Christrosen, und ihr schöner Perlenglanz wurde von dunklen Eibenzweiglein zwischen dem Silbergerät noch gesteigert.

Am Heiligen Abend gingen die Weihnachtssänger ihre Runde durchs Dorf. Mr. Annett, der Chorleiter, dirigierte den Kirchenchor einschließlich aller Sänger, die freiwillig mitmachten. In diesem Jahr war Mr. Emery, der Neuankömmling, unter ihnen, denn es hatte sich herumgesprochen, daß er gut sänge, und Mr. Annett hatte ihn aufgefordert mitzuziehen. Bekleidet mit eben dem Dufflecoat, von dem Mr. Willet so wenig hielt, schritt er fröhlich über die kalten Gäßchen von Fairacre, eine Sturmlampe schwingend, als habe er immer auf dem Dorf gelebt, und schwatzte mit der gleichen fremdartigen Redseligkeit wie seine Frau auf seine Begleiter ein.

Eine der Stellen, an denen gehalten wurde, war unmittelbar beim ›Beetle & Wedge‹, direkt an der Dorfstraße. Margaret und Mary öffneten ihr Fenster und schauten den Sängern zu. Deren Atem stieg im Licht der Laternen auf wie silberne Wolken. Die weißen Notenblätter flatterten im eisigen Wind, der für die Wetterkundigen von Fairacre weiteren Schnee prophezeite. Einige der Laternen hingen an langen, derben Eschenknüppeln und schwankten über den struppigen Frisuren der Männer und den Kapuzen der Frauen.

Mr. Annett dirigierte mit aller Kraft, und der Gesang war nicht nur laut, sondern auch zügig. Als die ländlichen Stimmen die uralte Geschichte der gnadenreichen Geburt hinausjubelten, hatte Mary das Gefühl, noch nie so glücklich gewesen zu sein. Jenseits der Straße sah sie das Licht im Schlafzimmer der Emery-Kinder, und die Umrisse von zwei dunklen Köpfen zeichneten sich hinter der Scheibe ab.

Wie die sich wohl schon freuen, dachte Mary. Gewiß hingen dort die noch schlaffen Strümpfe am Bettgestell, wie es einst bei ihr und Margaret gewesen war – vor vielen Jahren. Es gab doch nichts Schöneres als die köstliche Vorfreude am Weihnachtsabend.

»Hark the herald angels sing,
Glory to the new-born King«

flöteten die Chorknaben, den Blick auf Mr. Annett gerichtet, die Münder im Lampenlicht zu einem O aufgerissen. Und ihr Gesang stieg wie Weihrauch zu den Tausenden von Sternen auf.

Am Weihnachtsmorgen waren Margaret und Mary schon früh auf und gingen in den Achtuhrgottesdienst. Über dem Dorf hing noch ein Rest der Nacht, obwohl die Sonne den östlichen Himmel färbte und einen schönen Tag verhieß.

Die beleuchtete Krippe glomm im dunklen Altarraum wie der Stern von Bethlehem selbst, und der aromatische Duft des

Immergrüns steigerte die Weihnachtsstimmung. Später würden die Glocken läuten, und der winterliche Sonnenschein würde Blumen und Silber auf dem Altar beleuchten. Alles würde Freude und Frohlocken sein, aber es war doch etwas besonders Liebenswertes und Frommes an diesen frühen Andachten, und die zwei Schwestern gingen lieber dann zur Kirche, weil sie wußten, daß der Rest des Morgens dem heiteren Ritual der Weihnachtskocherei gewidmet sein würde.

Nach dem Frühstück packten sie ihre wenigen Päckchen aus, taten aufrichtige Freudenrufe bei den bescheidenen Kalendern und Taschentüchern, den ungewohnten Luxusartikeln wie parfümierter Seife oder Pralinen, die Freunde und Verwandte geschickt hatten.

Margaret dankte Mary herzlich für die Handschuhe. Mary war ebenso begeistert über ihre Strümpfe. Sie tauschten seltene Küsse und sagten zueinander, was für ein Glück sie doch hätten.

»Es gibt nicht viele«, meinte Margaret,

»die von sich sagen können, sie lebten so behaglich wie wir hier. Unter unserem eigenen Dach, Gott sei gedankt, und wir sind niemandem etwas schuldig.«

»Ja, wir müssen für vieles dankbar sein«, pflichtete Mary ihr bei und faltete das bunte Geschenkpapier sauber zusammen. »Aber am meisten doch dafür, daß wir einander haben, und für unsere Gesundheit und Kraft, Schwester.«

»So, jetzt gehe ich den Vogel füllen«, verkündete Margaret und erhob sich energisch. »Und setze auch gleich den Pudding auf, wenn ich schon in der Küche bin. Der muß bis Mittag richtig durch und durch heiß sein.«

Sie trabte geschäftig davon, und Mary fing an, Feuer zu machen und vor dem Kamin zu fegen. Die zwei roten Kerzen standen tapfer und fröhlich wie zwei Wachtposten zu beiden Seiten der Weihnachtskarten auf dem Sims. Mary hätte gern gewußt, ob den Emery-Kindern das dicke Rotkehlchen gefallen hatte. In ihrer Phantasie sah sie sie eben jetzt umgeben von Weihnachtsgeschenken, rotbackig und freudig erregt Geschenke überreichen und entgegennehmen.

In diesem Moment klopfte es an die Haustür, und sie erhob sich vom Kehren und ging öffnen. Draußen stand Vanessa, weit entfernt davon, rotbackig und freudig erregt zu sein. Ihre Augen waren angstvoll aufgerissen, ihr Gesicht vor Schreck und Kälte blaß.

»Was ist denn, Kleines? Komm schnell herein«, rief Mary.

»Es ist wegen Mami. Sie hat gesagt, ob Sie bitte rüberkommen könnten. Sie ist krank.«

»Ist dein Papi bei ihr?« fragte Margaret, in der Tür auftauchend, die Finger rosa und klebrig von Mettwurstteig.

»Nein, der hat zu Oma gemußt. Opa hat gestern abend angerufen, als wir schon im Bett waren. Oma hat einen Fallanschlag gehabt.«

»Schlaganfall«, verbesserte Margaret automatisch. »Du liebe Zeit, das sind ja schlimme Sachen. Wir kommen rüber, sobald wir das Essen im Rohr haben.«

Die Augen des Kindes wurden noch größer. Sie sah Mary flehend an.

»Aber das Baby kommt doch. Sie müssen gleich mitkommen, jetzt gleich, bitte. Bitte!«

Ohne ein weiteres Wort begann Margaret ihre Küchenschürze abzulegen.

»Geh schon vor, Mary«, sagte sie ruhig. »Ich komm sofort nach.«

Ein unbeschreibliches Chaos erwartete Mary, als sie in die Küche der Emerys trat. Es war ein großer, quadratischer Raum mit Ziegelboden, behaglich warm durch einen Herd, der fürchterlich verdreckt war. Kohlenstaub lag rings um ihn auf dem Boden und war hemmungslos herumgetreten und verteilt worden.

Die Reste eines Frühstücks bedeckten den Tisch. Buntpapier, Etiketten und Schnur verzierten klebrige Schüsseln und Becher. Eine getigerte Katze leckte gerade die Milch auf, die aus einem umgestoßenen Krug tropfte. Der ganze Wirrwarr wurde noch verschlimmert durch Francesca, die stolz einen nagelneuen roten Kinderroller in den Armen hielt und mit dessen glänzender Glocke unaufhörlich bimmelte.

»Gib das mal schön her«, sagte Mary trotz all ihrer Aufregung gebieterisch. Die Kleine gehorchte, immer noch strahlend. Daß die Weihnachtsfreude durch nichts zu trüben war, freute Mary. Jetzt hörte man deutlich das Geschrei von Anna-Louise, und Mary öffnete die Tür zum Treppenhaus und begann die Stufen hinaufzusteigen. Die beiden kleinen Mädchen kamen hinter ihr her.

»Und ihr seid brav und bleibt unten«, sagte Mary nervös. Wer konnte wissen, was für Schrecknisse sie oben erwarteten? »Hebt mal alle Papiere auf und macht alles schön ordentlich.«

Zu ihrer Erleichterung machten die Kleinen sich voller Eifer über den Wirrwarr her, und sie stieg die knarrende Treppe nach oben. Mrs. Emerys Stimme begrüßte sie. Sie klang so überschwenglich wie immer, und Marys Ängste legten sich. Wenigstens war sie bei Bewußtsein.

»Sie sind ein Schatz! Ein wirklicher Schatz!« rief Mrs. Emery. Sie stand am Fenster, eine ausladende Gestalt in rotseidenem Morgenrock, auf dessen Rücken ein grimmiger Drache gestickt war. Mary sah plötzlich, wie jung sie war, und ihr wurde warm ums Herz.

»Es tut uns leid, das von Ihrer Schwiegermutter zu hören«, begann Mary etwas förmlich.

»Ja, die Ärmste«, sagte Mrs. Emery.

»Mußte das gerade jetzt passieren! Edgar ist sofort losgefahren, kaum daß er vom Weihnachtssingen zurück war. Und nun das! Viel zu früh. Ich glaube, ich hab mich mal wieder bei den Daten geirrt. Na ja.«

Sie seufzte und faßte plötzlich krampfhaft nach der Vorderseite ihres Morgenrocks. Mary fühlte Panik in sich aufsteigen.

»Legen Sie sich doch ins Bett, bitte«, bettelte sie und schlug einladend die zerwühlten Laken zurück. Das untere Leintuch hatte einen fünfzehn Zentimeter langen Riß, und eine sehr schmutzige Stoffpuppe lag darauf, deren Füllung hervorquoll. Mary war entsetzt. Sie mußte etwas Sauberes auf das Bett legen. Angenommen, das Baby kam an einem so unhygienischen Ort zur Welt! Sie sah sich hilfesuchend nach Mrs. Emery um, die sich vorgebeugt an die Kommode klammerte und erschreckend nach Luft schnappte.

»Sie brauchen saubere Laken«, verkündete Mary, und ihre Stimme klang so herrisch, daß es sie selber wunderte.

»Im Schrank«, keuchte Mrs. Emery und wies mit dem Kopf ins angrenzende Zimmer.

Ein unangenehmer Geruch war das erste, was Mary im Nachbarzimmer auffiel. Anna-Louise stand in einem Gitterbett. Ihr Nachthemd und das Bettzeug waren bedenklich fleckig, aber ihr Geschrei war verstummt, und sie schenkte Mary ein bezauberndes Lächeln.

»Du süßes Dingelchen«, rief Mary hingerissen, »gleich schaut Tante Mary nach dir.«

Rasch plünderte sie den Schrank. Sie fand eine Rolle Gummituch und zwei saubere Laken. Sie hastete zurück ins Schlafzimmer und machte energisch und eilig das Bett. Mrs. Emery stand wieder aufrecht und lehnte ihre feuchte Stirn an die kühle Fensterscheibe. Sie ließ sich willig zum Bett führen und widerspruchslos den pompösen Morgenrock ausziehen.

»So ist's gut«, beschwichtigte Mary und

deckte sie zu, als sei sie ein Kind. »Ich bring Ihnen was zu trinken.«

»Jetzt geht es mir schon besser«, flüsterte die junge Frau, und in diesem Augenblick erschien Margaret auf der Bildfläche.

»Ist die Hebamme benachrichtigt?« waren ihre ersten Worte. Mary bekam mit einem Schlag ein schlechtes Gewissen. Natürlich, das hätte sie als erstes fragen müssen. Margaret wußte doch immer, was zu tun war!

»Ja«, sagte Mrs. Emery. »Wenigstens weiß man bei ihr daheim Bescheid. Sie war zu einer anderen Entbindung, hat man ausrichten lassen.«

»Und was ist mit Dr. Martin?« fuhr Margaret fort.

»Sie holt ihn, wenn es nötig wird«, antwortete die junge Frau. Sie sank zurück auf das Kissen und sah mit einemmal todmüde aus. »Es wird noch Stunden dauern«, sagte sie zu den Schwestern. »Ich hab mir nur solche Sorgen gemacht wegen der Kinder.«

»Ich weiß, ich weiß«, beruhigte Margaret. »Wir werden uns um sie kümmern. Sie können sich auf uns verlassen.«

»Anna-Louise muß gewaschen werden«, sagte Mary und zog sich ins Nebenzimmer zurück. Sie winkte Margaret ihr zu folgen und schloß die Tür zwischen den beiden Räumen.

»Was in aller Welt sollen wir tun?« fragte sie Margaret beschwörend. Die schien ausnahmsweise einmal ratlos.

»Keine Ahnung«, gestand sie. »Wir wollen hoffen, daß die Natur sich zu helfen weiß und daß die Gemeindeschwester eini-

germaßen rasch kommt. Das alles ist fremdes Terrain für uns, Mary, aber wir müssen die Stellung halten, bis Hilfe eintrifft.«

Sie wandte sich Anna-Louise zu, die in ihrem Gitterbettchen rhythmisch hopste – mit schlimmen Folgen.

»Du meine Güte, Mary, das Kind gehört komplett in die Wanne – und die Bettwäsche dazu.«

»Ich mach das schon«, sagte Mary rasch. »Und dabei kann ich ein Auge auf Mrs. Emery hier oben haben. Kümmere du dich um die Dinge unten.«

»Es kann nicht schaden, die Gemeindeschwester noch einmal anzurufen«, bemerkte Margaret und wandte sich zum Gehen. »Wer hätte gedacht, daß wir Weihnachten so verbringen würden?«

Mit diesen Worten verschwand sie die Treppe hinunter, und Mary ging das Bad richten für ihren Schützling.

Anna-Louise, gründlich abgeseift, war allerliebst. Rund und rosig, mit einer Haut wie Seide, machte sie Mary zu ihrer willigen Sklavin. Sie patschte begeistert ins Wasser, entsandte Gischtfontänen und durchnäßte die neben der Wanne kniende Mary.

Mary hätte den ganzen Tag so weitermachen mögen, Kosenamen murmelnd und die Zelluloidente immer wieder aufrichtend. Doch das Wasser wurde rasch kühler, und es gab noch viel zu tun. Sie wickelte das nackte Kind in ein schmuddeliges Badelaken und trocknete es auf ihrem Schoß.

»Sie hat ihr Frühstück noch nicht gekriegt«, sagte Mrs. Emery schläfrig, als das Kind angezogen war. Sie betrachtete ihre Tochter amüsiert.

»Das ist Francescas Pulli«, stellte sie fest, »aber das ist ja egal. Binden Sie dem armen Wurm ein Lätzchen um, sie ißt noch so schrecklich unsauber.«

Im Erdgeschoß war es erstaunlich still. Der Tisch war abgedeckt worden, und die zwei Mädchen waren intensiv damit beschäftigt, ihre neuen Weihnachtsmalbücher mit langen, glänzenden und noch völlig intakten Buntstiften auszufüllen. Margaret war dabei, den Boden mit einem Besen zu kehren, der seit längerem die meisten Borsten eingebüßt hatte.

»Baby schon da?« fragte Vanessa, ohne ihre Malerei zu unterbrechen.

»Noch nicht«, antwortete Mary und fädelte dabei Anna-Louises dicke Beinchen durch den Kinderstuhl. Dann trat sie zurück und musterte die Kleine ängstlich. »Was bekommt Anna-Louise denn zum Frühstück?«

Francesca legte ihren Buntstift weg und sah ihre jüngere Schwester ernsthaft an.

»Am liebschen hatschi Schpeckschreifen«, sagte sie.

»Speck zu braten haben wir keine Zeit«, sagte Margaret kategorisch und schwang weiter den Besen.

»Eier«, sagte Vanessa kurz angebunden. »Gräßlich weiche. Die mag sie.«

Die Schwestern tauschten fragende Blicke.

»Klingt einleuchtend«, murmelte Margaret. »Wenn du die Kasserolle für Eier findest.«

»Ist die gleiche wie für die Milch«, wußte Vanessa beizusteuern und wandte sich zum Küchenschrank. »Da, die hier.«

Sie holte einen verbeulten Stieltopf mit wackeligem Griff heraus und kehrte zu ihrem Malbuch zurück.

»Hast du die Hebamme erreicht?« fragte Mary nervös.

»Sie ist immer noch nicht da. Weiß aber angeblich Bescheid. Ich meine, wir sollten versuchen, den Ehemann zurückzurufen. Schließlich ist das hier seine Sache.« Margaret sprach etwas schroff.

»Ich gehe und frage Mrs. Emery«, sagte Mary, »während das Ei kocht.«

Sie kehrte zurück ins Schlafzimmer und fand Mrs. Emery zusammengekrümmt, den Kopf im Kissen. Sie stöhnte so heftig, daß Mary im ersten Impuls zu Margaret flüchten wollte, doch den unterdrückte sie. Sie tätschelte tröstend den gekrümmten Rücken und wartete, bis der Krampf vorüber war.

Irgendwo, wie es schien in weiter Ferne, begannen die Glocken von St. Patrick zum Morgengottesdienst zu läuten. Vor Marys innerem Auge entstand deutlich das Bild des friedlichen Kirchenschiffs mit den Stechpalmen und Christrosen, dem Duft nach Zypressen und Buchs, während sie hilflos dastand und zusah, wie ihre Nachbarin in den Wehen lag. Wie lange schien es her, daß sie und Margaret in der Kirche gekniet hatten. Und dabei waren nur drei, vier Stunden vergangen.

Die Wehe klang ab, und Diana Emerys Gesicht tauchte wieder auf.

»Besser«, sagte sie. »Darf ich jetzt was zu trinken haben? Kaffee bitte, keine Milch. Ist von der verdammten Hebamme schon was zu sehen?«

»Sie ist unterwegs«, sagte Mary. »Und wir dachten, wir sollten Ihren Mann anrufen.«

»Seine Eltern haben kein Telefon«, sagte Mrs. Emery.

»Wir könnten ja die Polizei anrufen«, schlug Mary in plötzlicher Eingebung vor. Mrs. Emery lachte mit so ungekünstelter Heiterkeit, daß Mary kaum glauben konnte, daß sie eben noch solche Schmerzen gehabt hatte.

»So ernst steht es nicht! Die Hebamme kommt gewiß jeden Moment. Und stellen Sie sich doch nur vor, wie wundervoll es sein wird, Edgar mit einem prächtigen neuen Baby zu empfangen.«

Sie klang so sachlich und fröhlich, daß Mary sie mit offenem Mund anstarrte. War denn Kinderkriegen etwas so Harmloses? Sie erinnerte sich an Margarets bissige Kommentare über Leute, die so ersichtlich sinnlos große Familien hatten. Wie viele würden noch in diesem saloppen Haushalt geboren werden, fragte sich Mary. Dann fiel ihr ein, wie Anna-Louise in der Badewanne ausgesehen hatte, und sie hoffte plötzlich und wider jeder Vernunft, daß es noch mehr geben würde, viel mehr – und daß sie sich an ihnen würde freuen können.

»Ich hol Ihnen Ihren Kaffee, meine Liebe«, sagte sie herzlich und ging nach unten.

Als sie mit dem dampfenden schwarzen Gebräu zurückkehrte, fiel ihr etwas ein.

»Sollten wir nicht schon die Babysachen für die Gemeindeschwester herrichten?« fragte sie.

»Viel ist nicht da«, gestand die junge Frau und wärmte sich die Hände an der Tasse. »Ich hab das meiste nach Weihnachten in Caxley besorgen wollen, aber es waren so viele Leute überall, ich konnte es nicht durchstehen.«

»Aber irgendwas werden Sie doch haben«, beharrte Mary ganz bestürzt.

»Im untersten Schubfach«, sagte Mrs. Emery unbestimmt. »Und im Trockenschrank sind noch eine Menge Sachen von Anna-Louise, die passen werden.«

Mary war entsetzt über eine so schlampige Einstellung zu einem so wichtigen Ereignis, und man schien es ihr anzusehen, denn Mrs. Emery lachte.

»Nach dem ersten nimmt man es nicht mehr so genau«, gestand sie. »Man schafft's mit dem Krimskrams, der von den anderen übrig ist.«

Mary fand sechs neue Windeln im Fach und ein Bündel kleiner Jäckchen, ein paar durch vieles Waschen gelb gewordene Nachthemdchen und einige Wickeltücher im Trockenschrank.

»Und wo hinein legen wir das Baby?« erkundigte sie sich.

»In Anna-Louises Tragbettchen. Es steht in ihrem Zimmer. Wahrscheinlich muß es frisch bezogen werden.« Die junge Frau war wieder tiefer ins Bett hinuntergerutscht und hatte die Augen geschlossen. Sie sah, wie Mary mit einem schmerzlichen Zusammenzucken feststellte, todmüde aus.

In dem Tragbettchen staken zwei Puppen, ein Teddy ohne Kopf und ein einzelner Schuh, alles sorgfältig mit einem karierten Tischtuch zugedeckt. Mary trug es hinunter, um das Bettchen zu reinigen und für einen neuen Insassen herzurichten.

»Wenn diese unselige Hebamme nicht bald kommt«, sagte Margaret, »hole ich Dr. Martin selber, jawohl, das tue ich. Ich sause nur eben zu uns nach Hause und wende den Vogel und gieße beim Pudding Wasser nach.«

»Aber wir werden doch gar nicht dazu kommen zu essen, Schwester«, rief Mary aus. »So wie die Dinge liegen.«

»Wir müssen auch an diese drei denken«, entgegnete Margaret und nickte den Kindern zu. »Ihnen müssen wir auch etwas geben, vergiß das nicht.«

Sie hob den Riegel und hastete über die Straße in ihr Cottage. Ein paar Gemeindemitglieder im Sonntagsstaat waren unterwegs zur Kirche. Mary sah Mr. und Mrs. Willet stehenbleiben und mit ihrer Schwester reden, die mit einer Hand auf dem Türknauf dastand. Es gab viel Kopfschütteln, und Mrs. Willet blickte etwas erschrocken zum Haus der Emerys herüber.

Nun wird die Neuigkeit bald in Fairacre herum sein, dachte Mary, während sie das Tragbettchen trocknete.

In der Küche war es inzwischen sauber und friedlich, und jetzt bemerkte Mary auch die an der Decke befestigten Papierketten und die an die Balken gehefteten Weihnachtskarten. Ihr dickes Rotkehlchen war dabei, und sie strahlte vor Freude. Vanessa und Francesca waren noch immer vertieft in ihre künstlerischen Bemühungen, und Anna-Louise wischte ihren Eiteller mit den Fingern ab, die sie dann genüßlich ableckte. Was für liebe, artige Kinder es doch sind, dachte Mary.

In diesem Augenblick hörte sie deren Mutter von oben rufen. Es klang schrill und verzweifelt. Mary nahm die Treppe im Laufschritt. Die junge Frau saß aufrecht im Bett, die Hände in die Decke gekrallt.

»Sie müssen die Schwester holen oder den Doktor – oder sonstwen. Ich halt's nicht mehr aus. Es geht jetzt ziemlich schnell.«

»Ich ruf noch mal an«, versprach Mary, aufs äußerste geängstigt. »Legen Sie sich wieder hin. Das ist sicher besser. Kann ich noch etwas tun? Ihnen den Rücken mas-

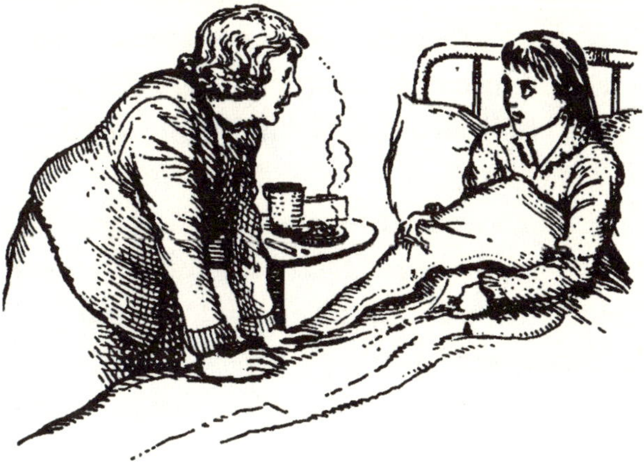

sieren vielleicht oder Ihnen eine Wärmflasche bringen?«

Sie tat ihr Bestes, ruhig zu erscheinen, war aber innerlich entsetzt. Wenn nun das Baby jetzt gleich kam? Was um Gottes willen tat man mit einem Neugeborenen? Gab es da nicht eine Nabelschnur durchzuschneiden? Hatte sie nicht gehört, daß Mütter verblutet waren, weil man die Nabelschnur nicht richtig abgebunden hatte? Und dieses erbärmliche Tragbettchen wäre nicht annähernd trocken, ganz zu schweigen von frischer Bettwäsche, wenn das Baby jetzt kam. Mary stellte fest, daß sie vor Angst schlotterte, und betete verzweifelt: Lieber Gott, laß es noch nicht kommen, bitte. Nicht ehe die Hebamme da ist, bitte, lieber Gott.

»Oder, meine Liebe –«, begann sie und hielt abrupt inne. Die Tür zum Treppenhaus hatte sich geöffnet, und jemand kam heraufgestapft.

»Margaret!« rief sie. »Schnell, Margaret!«

Eine robuste Gestalt erschien in der Tür.

»Schwester Thomas. Gott sei Dank!« rief Mary und brach in Tränen aus.

»Sie gehen jetzt und machen uns allen eine Tasse Tee«, sagte Schwester Thomas mit barscher Freundlichkeit. Und Mary entfloh.

Eine Stunde später saßen Margaret und Mary an ihrem eigenen Eßtisch und servierten drei aufgeregten kleinen Mädchen ihr Weihnachtsessen. Der Wagen der Hebamme stand noch immer vor dem Cottage gegenüber, aber Dr. Martins Auto war nicht zu sehen. Offenbar ging alles glatt und Schwester Thomas hatte es gut im Griff.

Mary ertappte sich dabei, daß sie ebenso

aufgeregt war wie die Kinder. Was war es für eine Erleichterung, wieder zu Hause zu sein und zu wissen, daß Mrs. Emery sachgemäß versorgt wurde. Unmöglich, bei solch bedeutungsvollen Ereignissen etwas zu essen! Sie schob den eigenen Teller beiseite und widmete sich freudig der angenehmen Aufgabe, Anna-Louises Teelöffel in die richtige Richtung zu lenken.

Am Nachmittag schlief das jüngste Kind fest in Marys Bett. Die Uhr von St. Patrick schlug drei, und noch immer kam keine Nachricht aus dem Haus jenseits der Straße.

Einige Bewohner Fairacres führte ein kleiner Verdauungsspaziergang zwischen dem Weihnachtsessen und den weiteren kulinarischen Anforderungen des Tages hier vorbei. Sie sahen den Wagen der Gemeindeschwester und das Licht aus dem oberen Fenster und dachten sich ihr Teil.

Margaret las die ›Geschichte von zwei schlimmen Mäusen‹ vor, aus einem neuen, glänzenden Bändchen, das die Kinder heute morgen geschenkt bekommen hatten, da klopfte es leise an die Tür.

Mrs. Lamb aus dem Postamt stand draußen mit einem Anemonensträußchen in der Hand. Sie sah die kleinen Mädchen und sprach im Flüsterton.

»Für die Mutter, meine Liebe. Hoffentlich geht alles gut. Wir haben nach der Kirche davon gehört. Sie gehen wahrscheinlich wieder hinüber?«

»Aber ja«, antwortete Margaret und nahm das Sträußchen entgegen. »Das wird sie freuen. Wie Sie sehen, ist Schwester Thomas noch immer drüben.«

Sie wies auf den Wagen.

»Richten Sie Mrs. Emery unsere herzlichen Glückwünsche aus«, sagte Mrs. Lamb. »Die arme Seele, und auch noch der Mann nicht da. Im Ernst, sie tut uns allen so leid!«

Sie wandte sich zum Gehen, und Margaret kehrte an den Kamin zurück. Es dunkelte schon, denn es war ein trüber Nachmittag, und Mary nahm einen Fidibus und zündete die leuchtend roten Kerzen an. Die Flammen reckten sich und schrumpften im Luftzug und die kleinen Mädchen starrten sie mit strahlenden Augen an.

»Habt ihr immer Kerzen?« fragte Vanessa. »Oder bloß an Weihnachten?«

»Bloß an Weihnachten«, sagte Margaret.

Sie ließ das Buch sinken und blickte mit den Kindern in die hellen Flammen. Das Warten schien endlos, und sie war mit einem Mal unendlich müde. Wie lange würde es noch dauern, ehe man etwas wußte?

In diesem Moment hörte sie das Geräusch des zufallenden Gartentors und Schritte, die sich näherten. Die beiden Schwestern tauschten einen raschen Blick. Konnte es sein, daß –?

Mary öffnete, und draußen stand die Gemeindeschwester und lächelte.

»Kommen Sie herein«, sagte Mary.

»Ich kann nicht, ich bin schon spät dran«, erwiderte die Schwester, »aber es ist alles in Ordnung.«

Margaret und die Kinder versammelten sich in der Tür.

»Ein Junge«, sagte Schwester Thomas stolz. »Sechseinhalb Pfund und sehr niedlich. Mrs. Emery schläft jetzt. Kann eine von Ihnen rübergehen?«

»Geh du«, sagte Margaret zu Mary. »Ich bring dann später die Kinder.«

»Wir wollen ihn aber doch sehn«, bettelte Vanessa.

»Dsetzt gleich«, ergänzte Francesca eigensinnig.

»Gleich«, echote Anna-Louise, die zwar die Situation nicht begriff, sich aber freute, ein neues Wort auszuprobieren.

»Später«, wies die Hebamme sie energisch zurecht. »Jetzt ist eure Mami müde.«

Sie wandte sich zum Gehen, drehte sich aber noch einmal um.

»Übrigens hat Mr. Emery angerufen, ich habe ihm die Neuigkeit mitgeteilt. Er kommt ganz bald heim.«

Sie winkte und ging über die Straße zu ihrem Wagen.

»Sagen Sie Mr. Emery, ich bin morgen früh wieder da«, rief sie noch und fuhr in einer Qualmwolke ab.

Wie auf Zauberschlag erschienen zwei Köpfe in der Tür des »Beetle & Wedge«. Sie gehörten dem Wirt und seiner Frau.

»Wir haben natürlich die Hebamme wegfahren sehen«, sagte er zu Mary. »Was ist es denn?«

»Ein Junge«, antwortete Mary lächelnd.

»Ist das nicht herrlich«, strahlte seine Frau. »Sagen Sie ihr doch bitte, daß wir heute abend im Lokal auf das Baby anstoßen werden.«

»Ach ja, sie ist eine großartige kleine Mutter, auch wenn sie manchmal etwas komisch ist«, erklärte ihr Mann. »Sagen Sie ihr, wie nett wir's finden, daß wieder was Kleines in die Gemeinde gekommen ist.«

Auf Zehenspitzen betrat Mary das schweigende Cottage. Alles schien zu schlummern. Auch die Katze auf einem Stuhl neben dem Herd. Nichts rührte sich.

Sie ließ die Tür zum Treppenhaus angelehnt, um auch das leiseste Geräusch von droben zu hören, und setzte sich an den Tisch.

In der häuslichen Stille, die sie nach dem

Streß des heutigen Tages umgab, kamen ihr die schönen alten Worte in den Sinn: »Und da sie daselbst waren, kam die Zeit, daß sie gebären sollte. Und sie gebar ihren ersten Sohn und wickelte ihn in Windeln und legte ihn in eine Krippe, denn sie hatten sonst keinen Raum in der Herberge.«

Mary saß regungslos und genoß das uralte Wunder der Geburt Christi. Und hier in diesem Hause gab es auch ein Weihnachtskind. Sie fand, sie könne keinen Augenblick länger warten. Sie mußte es sehen.

Sie zog ihre derben, ländlichen Schuhe aus und stieg auf Zehenspitzen die Treppe hinauf. Im Schlafzimmer war es sehr still. Mrs. Emery, die mitleiderregend blaß und jung aussah, schlief fest. Neben dem Bett stand auf zwei Stühlen das Tragbettchen.

Mary beugte sich darüber und blickte bewundernd hinein. Fest in das Tuch gewickelt, das sie im Trockenschrank gefunden hatte, lag der Neugeborene und nahm die Umwelt ebensowenig zur Kenntnis wie seine schlafende Mutter.

Marys Herz schlug heftig, es wunderte sie fast, daß es die Schläfer nicht weckte. Voller Freude schlich sie wieder nach unten, und in ihrem benommenen Kopf hämmerten die Worte: »Und der Engel sprach zu ihnen, fürchtet euch nicht, siehe ich verkündige euch große Freude, die allem Volk widerfahren soll.«

Draußen hörte man ein Geräusch, und sie sah vom Zuschnüren ihrer Schuhe auf. Da stand Mr. Emery und strahlte über das ganze Gesicht.

»Wo sind sie?« fragte er.

»Sie sind beide oben«, flüsterte Mary und öffnete die Tür zum Treppenhaus, damit er hinaufgehen und seinen Sohn sehen konnte.

Spät in derselben Nacht saßen Schwestern wieder zu beiden Seiten des Kamins und arbeiteten an ihrem Teppich. »Weißt du, was Vanessa gesagt hat, als ihr Vater sie holen kam?« fragte Margaret. »Sie hat gesagt: Das ist das schönste Weihnachten, was wir je gehabt haben. Es ist lieb von dem Kind, dachte ich, das nach einem so verpfuschten Tag zu sagen. Es hat mich sehr gerührt.«

»Sie hat die Wahrheit gesagt«, erwiderte Mary nachdenklich. »Nicht nur für sich, sondern für uns alle hier in Fairacre. Es klingt komisch, Schwester, aber als ich so die Treppe hinaufschlich, um einen ersten Blick auf das neue Baby zu werfen, kam mir der Gedanke: ›Du bist doch ein echtes Fairacre-Kind, wie ich es einmal war, hier geboren, und aller Wahrscheinlichkeit nach wirst du so Gott will hier aufwachsen.‹ Und dann kam mir noch eine andere Idee: ›Du hast uns kühlen, alten Fairacrern das Herz schneller erwärmt, als die Sonne den Reif schmilzt.‹ Weißt du, Margaret, diese Emerys haben uns alle beschämt, schon oft, durch ihre freundliche Art, und sie sind dafür sehr oft brüskiert worden. Es mußte dieses Weihnachtskind kommen, um in Fairacre das Eis zu brechen.«

»Das stimmt«, räumte Margaret ein, ließ den Teppichhaken sinken und schaute in das langsam erlöschende Feuer. Belanglose Erinnerungen zogen ihr durch den müden Kopf: Mrs. Emerys roter Unterrock, ein getigertes Kätzchen, das Milch aufleckte,

Anna-Louises ungeschickter Umgang mit dem Eierlöffel, während ihre Schwestern mit Eichhörnchenaugen zuschauten und darüber lachten, und wie sich das alles zusammenfügte und Herzlichkeit und Güte ausstrahlte.

»Wo das nun passiert ist«, sagte sie feierlich, »wird es nicht beim weihnachtlichen guten Willen bleiben, Schwester. Die Emerys sind jetzt ein wesentlicher Bestandteil von Fairacre, und zwar endgültig. In Fairacre ist Platz für alle Arten von Men-

schen, Mary, aber es war erst ein Neugeborenes nötig, um uns das klarzumachen.«

Sie begann ihr Teppichende einzurollen.

»Komm, Schwester, es wird Zeit, schlafen zu gehen.«

In der gleichen augenfreundlichen Schrift
bei dtv erschienen:

Viele schöne Tage
Ein Lesebuch
Zusammengestellt von Helga Dick
und Lutz-W. Wolff
dtv 25126

Vierzehn ungewöhnliche Erzählungen.

dtv

In der gleichen augenfreundlichen Schrift
bei dtv erschienen:

Lach doch wieder!

Geschichten, Anekdoten,
Gedichte und Witze

Zusammengestellt von
Helga Dick und Lutz-W. Wolff
dtv 25137

dtv

In der gleichen augenfreundlichen Schrift
bei dtv erschienen:

Blaues Katzenbuch

Zusammengestellt von
Helga Dick und Lutz-W. Wolff
dtv 25119

»Ich lasse mich nicht dressieren: Ich habe Charakter. Denn ich bin eine Katze. Und ich habe es gern, wenn man mich streichelt.«